五十弦

夏菁自選詩集

第一輯

時：時的觸角

第二輯 景：景隨心生

第三輯

愛：愛有千種

第四輯

藝：藝無止境

第五輯 人：人同此好

第一輯　時：

時的觸角

九月雪　夏菁攝

消息

冬天常常駛過一個農莊
馬、冷落的鉛絲網
樹、乾涸的河床

今早，我忽然覺得
有一些異樣
嫩柳在絲絲飄忽
牡馬在頻頻昂仰

馬、樹和我之間
互傳著什麼消息？

五十弦

或僅僅是為了一片
乍暖的空氣

一九九六・四・二十一
選自《澗水淙淙》（一九九八）

月夜散步

此刻正像是水底的世界
　一切已沉澱，靜寂
那些遠近朦朧的樹枝
　如珊瑚叢生海裏

藍空上緩泛過光潔的浮雲
　是片片無聲的浪花
只有一隻古代的象牙舟
　在珍珠的海上徐划

五十弦

行人看不清彼此的面貌
只感到浮光掠影
像魚兒優遊在深綠的水中
來去僅閃一閃銀鱗

選自《噴水池》（一九五七）

正午

太陽正收起它柔和的陰影
　宇宙也凝住呼吸
睏懶頻撫上貓兒的眼睛
　在這金色的夜裏

這時萬物都昏昏然入夢
　世界回復到初期
只有一隻不甘寂寞的蜜蜂
　最後也投宿花底

選自《噴水池》（一九五七）

日落時

日落時有一段冥冥的潛力
　自三面暗暗地包圍
僅西方仍飄揚七彩的旗幟
　是白晝最後的堡壘

夕陽已收起它耀眼的金箭
　插入了西天的雲囊
少頃，它們將被攜而歸去
　恐夜露銹蝕了光芒

遠處忽揚起悠然的蟲鳴
　迅速地蔓延到腳底
然後有一條白色的紗帷
　將暮山的膝蓋遮起

不久天邊探出了一顆晚星
　像稚童好奇的小臉
在偷窺這晝夜交替的奧秘
　用逐漸光亮的慧眼

可是，在地上我們的視力
　正徐徐萎縮、遲鈍
這時最宜於沉思或回憶
　作片刻古遠的訪問

選自《噴水池》（一九五七）

總有那麼幾天

一年中，總有那麼幾天
風拂著高高的樹梢
沒有一片雲，一隻鳥
你坐在午後的窗前

你坐在窗前
太陽是一面銅鑑
照過六朝，照過金陵
你聽著風的蕭蕭
掀起了子昂的幽情

總有那麼幾天
遠代已經有過——
在後主的西樓
在張繼的楓橋
當你等著一個人，未來
當你有著一盞燈，未點

一九七六・二・二
薩爾瓦多
選自《山》（一九七七）

冬午

在一個陰沈的冬午
傳來一陣陣雀鳴
他們好像在熱烈喚呼
或向我頻頻逗引
他們已感到有些不同
我卻不能

在灰色凝重的天際
撒下愉悅的水晶
又像一群爛漫的少女
向我的年歲挑釁

也許，他們已經領悟到
雪萊的詩情

我只是埋頭於俗務
此刻也難以分神
像一列急駛的快車
暫時還不能靠停
他們似乎在提醒什麼——
我也說不清

二〇〇〇・二・五
選自《雪嶺》（二〇〇三）

初醒

從另一個世界掉回
受驚於劃空的鳥鳴
或床頭的春雷

自一層繭的無形
破出，還不欲起飛
潛能有待肯定

假如我是一尊木乃伊
徐徐轉動我的眼珠
較量周遭和回憶

一種周而復始的歡喜
每一次回甦，沒有被
障眼的魔手闔閉

二〇〇〇・八・七
選自《雪嶺》（二〇〇三）

五十弦

四月的籬圍

——寫另一個世界

在四月的籬圍
林蔭深處
一種自早到晚
熟悉的鳴聲
咕咕——咕咕

這是愛之呼喚
存在的吟唱
無論世界如何變化
這種天籟繼續

時時刻刻
在四月的溫床
如花的另一種型態
以音樂來繁衍
世世代代

就像那個鞦韆架
在空中搖幌
一種無聲的韻律
載著頑皮的風
或鄰家的女娃
這般快活的迴盪
若時間的脈搏
時時刻刻
世世代代

不管世界如何變化
咕咕——咕咕

後記：越南正在醞釀一串悲劇，而在西半球加勒比海的一個小島上，一切如常，世界就如此嗎？

一九七五・四・四
牙買加・京士頓
選自《山》（一九七七）

黃昏

一隻巨鷹向西天撲去
如夸父般地追蹤
也許它只想探一顆星
或為了一片霞紅

而海，這時已經半醺
泛出了酡紅的臉龐
不能忍受熾熱的一吻
退隱在夜幕後方

五十弦

這是一幅亙古的動畫
過往的人都會矚目
多看一眼不算是貪婪
一生有幾回駐足？

人都說：夕陽無限好
只是留不住餘輝
且回去將它認真捕捉
不悲落日和年歲

二〇一〇・六・二十
選自台灣《中華日報》
（二〇一〇・七・十七）

灰鯨落海

——悼二十世紀

龐然一擊
在暮色無邊之際
二十世紀的尾巴
若灰鯨的落海

浪花四濺
如歷史的爭紛
頃刻將歸入寧靜
不管是悲壯的號角

五十弦

纏綿的往事
或苦難的呻吟

人類的回憶
只是海上的晚風
現在，一切的一切
要看明日的光中

一九九九・十二・十六
選自《雪嶺》（二〇〇三）

第二輯　景：

景隨心生

落磯大山　夏菁攝

美

我常想捕捉一種天然的美
鳶飛魚躍或澗水淙淙
用文字捉到後總覺得乏味
像流螢納入了瓶中

一九九六・二・二
選自《澗水淙淙》（一九九八）

湖

總有一些什麼
在它鬢邊的柳樹下
那種使我心跳過的
　屬於春天的

現在已不欲去對岸徘徊
深恐驚擾了水凫
也沒有握槳的雅興了
無端端地追逐風波
或是唱一首聖他．露西亞
像一個狂熱的水手

我從不佩他們的刀
　更厭惡贗品

卻愛安詳的光輝
卻愛孤獨
在一間木屋中
　會見梭羅
卻愛它的明淨
　從生命清醒的圓鏡中
映出死亡莊嚴的倒影

　一九五八・七・二十二
選自《石柱集》（一九六一）

雨中

只為了遠遠的一絲光
一閃笑靨，一顆願望
或久藏在心窖裏的一鏤
友情。我們奔走在雨中
讓脊髓如蛇般冰涼
（額骨落下了簷滴）
讓雨景掛在別人的牆上

在雨中，我們內裡的爐火
頻臨熄滅，體溫的水銀柱
在渴望某種心靈的燃料

在雨中，煩惱降下了
無數青絲，憂鬱昇起
遠山的面幕
雖然，我們知道
這些都是暫時的

那些為了溫暖的片刻
捱受整冬的風雪
為了看一顆無名星
失足在斷崖的人
值得我們尊敬

那些想在雨中跳恰恰
怕沾污了羽毛
想展覽思想的傑作

五十弦

怕缺少知音
欲炫耀金幣
又怕發綠的人
值得我們憐憫

在這世紀的風雨中
等待陽光原是一種虐待
飲清醒的歲月，更需自制
我們不禁要問
「這暫時的風雨
會籠罩我們忍受的一生！」

在雨中，我們咒詛左腳
安慰右腳。俯視現實的泥沼
仰望空中的幻景

雖然，我們知道
這些都是暫時的——
就像那虹

後記：在那個時代，我們總是在等待。

一九五九・九・十
選自《石柱集》（一九六一）

五十弦

這樣的風

這樣的風
只有春天才有
撲面而來的料峭
卻似未開刃的刀
在耳邊絮語一陣
又回來將你擁抱
吹得我像一面
酒旗，使我心旌盪搖

假如我是一隻畫眉
在夢中鳴囀千回

假如我是一枝玉蘭
在午夜就要綻開
這樣的風，將一切忘掉
讓我化作一隻紙鷂

二〇〇〇・四・三
選自《雪嶺》（二〇〇三）

五十弦

無奈十行

驟雨突然間收陣
溪水尚待受孕
啼聲早已經遠颺
空谷猶未回響
酒杯剛剛被飲空
無奈還在腹中
書籤遺留在頁間
素手已經他遷

生命漸漸要終止
一首詩剛在開始（註）

註：指我剛開始寫的一首千行自傳性長詩：《折扇》。

一九九九・一・十九
選自《雪嶺》（二〇〇三）

即景

此刻，小立窗前
慵懶地眺望
那山巔、夕照、雲煙

雄心似豹
已沉睡在山巔
昔日的青芒變成夕照
眼前是淡淡雲煙

那種是千古的風景
千古的心情

時間老去
祇覺得多少事情
落在掌紋之上
——卻在掌握之外

一九七八・八・十七
泰國清邁
選自《澗水淙淙》（一九九八）

天籟

在路邊的一棵松樹上
一隻啄木鳥咚咚作聲
我不忍打斷它的節奏
看它如此地認真

只是猜度它：在求偶
還是在冰雪中求生？
也許只是老年的自娛
在歲尾敲打迎新

這年歲已趨靜寂
唯獨它振奮我心
從那弱小的胸膛裡
我體會到熱血奔騰

我也在一棵無形的樹上
敲打著節奏終身
那聲音如此微弱
過路人從未細聽

哈代曾寫過「冬夜的畫眉」
佛勞斯特有一首「請進」
是文字都不能詮釋此景
還是再聽聽天籟之音

註：哈代（Thomas Hardy），英國詩人，寫有一首名詩〈冬夜的畫眉〉（The Darkling Thrush）。佛勞斯特（Robert Frost），美國詩人，寫有一首〈請進〉（Come In）。

二〇〇六・三・二十八

選自《獨行集》（二〇一〇）

蒲公英

它增添了大地的顏色
點綴在綠油油的一片
沒有任何不調和
我們總想去清剪

一朵朵小小的太陽
在四月的允許之下
雪似乎剛剛解禁
楊花還未曾出發

五十弦

想想它的白血球
在空中並無理由
假如它們達成了目的
使我們更加嫉妒

什麼時候我才能學會
共處？和其他的物類
還是要直等到最後
眼球透不進春暉

一九九一・四・二十五
選自《澗水淙淙》（一九九八）

路旁的知更

一隻褐腹的知更
在路旁啄一條蚯蚓
我走過時他只抬一抬頭
不願放棄他的戰利品

我下意識地拍一下手
他只是倒退了幾寸
似乎不甘放棄他的美味
重拍時，他才直飛樹頂

五十弦

我不知為甚要如此
和他去計較或相爭
這可能是人類的優越感
做什麼事都恣意任性

後來，我到遠處窺探
他會不會再回來找尋？
也許，他不齒我的作為
讓我的歉意，無處可申

二〇〇九・八・十三
選自《獨行集》（二〇一〇）

窗前的白楊

窗前有一棵白楊樹
在秋風裡瑟瑟作聲
不知道他在絮絮些什麼
我常常是聽而不聞

他的葉片是小小的心臟
樹身上有一隻隻眼睛
也許他看到我在燈下凝思
我卻不能領會他的關心

五十弦

他似乎在說：秋天太短
金色的葉片已快掉盡
或許他在暗中羨慕著我
降雪時有一個屋頂

我倒是十分妒嫉他
葉子掉盡還可以重生
春往秋來，我會老去
有一天見不到我的蹤影

他原自雪山皚皚的溪邊
我遷自亞熱帶的森林
兩棵移植的樹不期而遇
一個怕長年輪、一個無根

註：白楊（Aspen）栽在海拔不高之處，壽命不長。

二〇〇七・十二・十五

選自《獨行集》（二〇一〇）

第三輯　愛：愛有千種

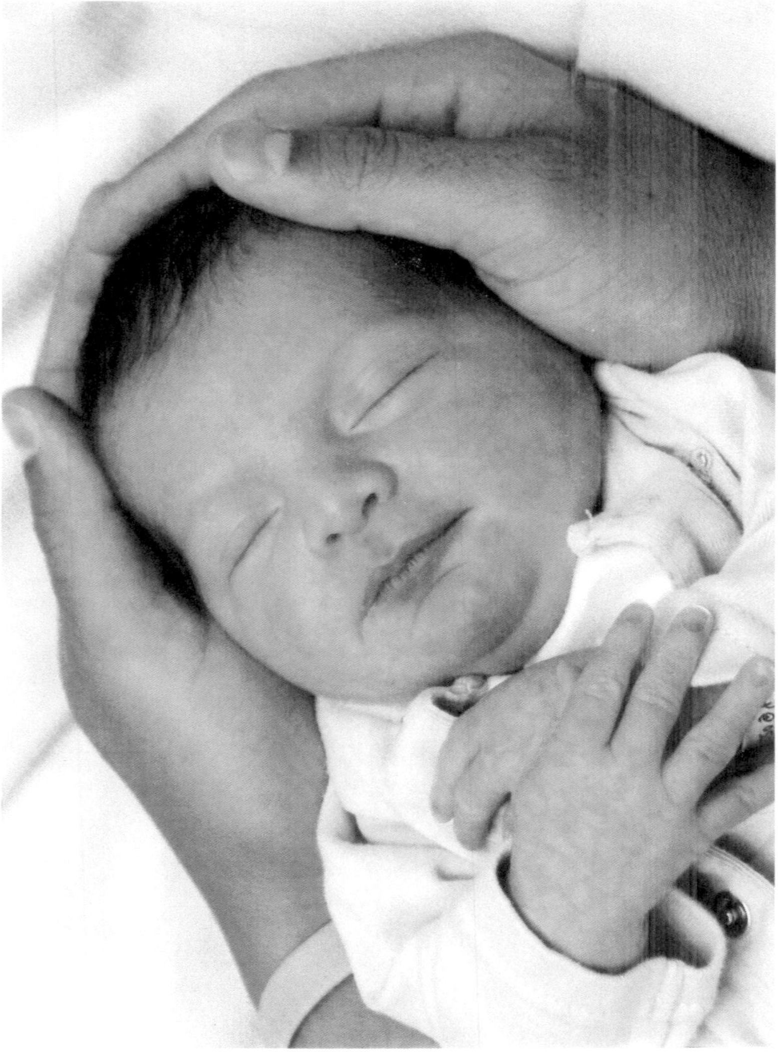

愛的手勢　夏菁提供

與妳同行

——給C

從六十年前的邂逅
一路走來，妳還是那樣
青梅羞澀的微笑
葡萄甜美的眼神
從風裡來，雨中去
不染一塵，你的純真

六十年在手指間溜過
說快樂也有傷心
說傷心也有慰藉

五十弦

現在，現在都已經
遠颺，隨著鳥聲

走過了一甲子的距離
妳持續齊一的步子
我緊挽妳的纖指
　手是粗糙了一些
愛，卻更加細膩

二〇〇四・九・二十一
選自《獨行集》（二〇一〇）

青淚

——給C

一生不輕易揮落
暗暗只為了妳
那日漸粗糙的纖手
使我的感激如雪溶

數十年男兒的氣概
已凝成青淚數點
漸滴穿我心中的詹石
背著一個小婦人

五十弦

幕落時悲劇或是喜劇
總不免妳的、或我的
像落入夜空的幽微
一陣流星雨的不歸

一九九四・三・五
選自《澗水淙淙》（一九九八）

腮邊

——給Tom

你腮邊有蘋果的顏色
稚氣的青，初熟的紅
風吹散長髮（註）
飄若牡馬的紅鬃
一種馳騁原野的衝動

她的鬢際，幽邃不如昨日
幾株白樺，幾葉垂柳
風來時，瑟瑟柔音

五十弦

新秋的林間
思念早春草上的新葦

而我的前額
已有陰陽割昏曉的投影
赭色山脈，棕色森林
破過風，瞰過海
仰起是白雲的靄靄

註：在七十年代，年輕人都留長髮。

一九七五・六
牙買加・京士頓
選自《山》一九七七

給凱蒂

我不敢親一親妳的小嘴
太紅太熱，使人昏醉
啊！凱蒂！
我祇想偷吻妳的髮際
那裏有草葉清香的氣息

我願化成隻神秘的蝴蝶
白天歇在妳柔輭的草地
啊！凱蒂！
等到妳失眠的夜晚來臨
用我夢幻的翅膀將塵世隔離

註：這首詩寫在六十年前，我自己早已忘了。最近美國有一則電視廣告，用夢幻的蝴蝶翅膀來催眠女孩，才使我記起。

選自《靜靜的林間》（一九五四）

簷滴

外一首

有一種語言
勝過鄉音
使你聞之淚下
從這個世界
回到另一個

家是一個——
當聽到簷滴
就會使你
酸鼻的地方

寂寞四行

沼澤中棲著七隻白鷺
一排寂寞的七日
沒有動靜、也沒有消息
似我鎩羽的信鴿

一九六一・九
可臨視堡

註：寂寞懷鄉詩，宜用鄉音讀。當時我在隔開半個地球的一個小島上，常常想家，常常心焦地等候家書。

一九六二・一

波多黎哥

選自《少年遊》（一九六四）

窗前

——十四行

為什麼有很多人歡喜
在窗前小立？他們受驚
於日落的奇景，看一顆星
在黃昏躍躍地升起？

或是，他們想遮蔽
自己失望的臉，找尋
一個奇蹟在天邊降臨
或掩飾莫名的歡喜？

現在，我感悟了這項祕密
每個人的心底，都釀有一罈
不能和他人共享的希冀

如我此刻小立在窗前
向東方，向遙遠的你
直到暮色染上了樓簷

一九七八・二・十四
泰國・清邁
選自藍星詩社《星空無限藍》
（一九八六）

一幅背影

她不會回頭，為什麼
我卻久久出神？
一幅半裸的背影
如此深深吸引

她不會回眸一笑
永遠不會；我知道
不管我如何徘徊
或認真地默禱

一束馬尾的搖幌
青春氣息的波盪
一雙象牙的秀肩
浪漫中顯出古典
她真正的面目
誰能去補足？

永遠也不會回顧
我像和她見過
在夢回、在記憶
在上世紀的歲月裡
　她若真能回頭
　我更不堪回首

二〇〇八・十一・二十二
選自《獨行集》（二〇一〇）

六千年的擁抱

——一對意大利發掘的骸骨

時間在他們的擁抱裡
己消失了意義
六千年，只是昨天
當初是這般睡姿
現在還是

白骨相擁
還有什麼、在這個世間

更使人感動？
他們擁抱在傳說以前
歷史之前，也許
那時還沒有文字
沒有適當的語言

就是這樣一個擁姿
使人黯然拭淚
使人低頭沉思
他們的肢體語言
勝過、將愛說上一千遍

一首無言的傑作
不需要任何解說
在這種至死不渝之前

五十弦

莎士比亞變得饒舌
我的更加靦腆

二〇〇七・三・九
選自《獨行集》（二〇一〇）

愛花人

——散文詩，外一首

一個非洲裔的老園丁，在盛夏的校園裡工作。他一面耘土、灌水及拭汗，一面低沉的唱歌。聽說他沒有家，沒有親人。

我想，他準是一個愛花的人；不然他為什麼早晚要唱歌給他們聽？

貓

小時，每次中午返家，祖母自香噴噴的大飯鍋裏，先拿出幾條貓魚，細細地攪拌；將她的慈祥和關愛，無微不至地全拌進了這碗貓飯裏。

我望著、望著，也變成了一隻貓。

一九八三年夏至一九八八年夏

選自《澗水淙淙》（一九九八）

瞬間的浩劫

——二〇〇八年五月十二日 四川大地震

山搖地撼
石破天驚
這瞬間的板塊移位
使全球震駭、上蒼落淚

母親捨命保女嬰
留言：記住，我愛你
學童截肢保性命
哀求：留隻寫字的右手
如此悽慘的一幕幕
不忍想、也不忍睹

五十弦

對大自然的浩劫
無法預告、感到無奈
我們雖然常常自豪
一秒鐘可以計算幾兆

不忍想、也不忍睹
這致命的三天已過
在我們血濃於水的內心
無時無刻不在關懷
這些日漸微弱的呻吟
雖在千里以外

註：寫在大地震後第五天。

選自《獨行集》（二〇一〇）

第四輯

藝：藝無止境

七彩皿　夏菁攝

尋覓

永遠捕捉不到
　這空中的飄渺
像獵者夢中的
帝雉，祇見一晃
消失在田野的青芒

使我一再去捕捉
　一片光潔的羽毛
一聲掠空的喚叫
日日夜夜，年復一年
捉不到，卻忘不了

這樣，永遠地捕捉
　再捕捉的執迷
豈不是千古的尋覓？

二〇〇〇・九・十七
二〇〇三・二・十二改寫
選自《雪嶺》（二〇〇三）

詩

新秋清晨的一陣風
拂過瑟瑟白楊林

雪夜門前的一盞燈
久久未熄到天明

修道院的一片琴聲
落在牆外乏人聽

睫毛上的一顆水珠
說是無意卻是真

五十弦

一九八一・一・二十八
牙買加・京士頓
選自《澗水淙淙》（一九九八）

詩的詮釋

——散文詩

詩是寂寞時的迴響。一張偶然落下的楓葉；一條魚的躍起；一行飛雁的戛然；一雙靈魂的低語。

詩是不易捉摸的。梯子與天空間的一段；將停的搖椅；心底的字謎；荷馬的盲瞳；鬧市中浮現的千里以外的一張臉。

詩是一種追求：蛾之與火，魚之與餌，獵犬之與奄兔。一種終身不悟的執迷。

五十弦

詩是同情的雨，溫暖的陽光……但詩和愛
一樣，不宜多加詮釋。

一九八七詩人節
選自《澗水淙淙》（一九九八）

預測

有一件事不容預測
何時
何因
以及何地
我將作日落時葵花的一垂
當遠近悠揚的蟲聲未起

有一件事卻可料定
那詩
那名
以及那人

五十弦

湮沒在浩瀚、幽深的字海
直到有一位潛水的探珠人

一九七五・一・十九
牙買加・京士頓
選自《山》(一九七七)

獨行

在四顧茫茫的雪地
一個人踽踽獨行
沒有風，也無鳥啼
唯有雪的寧靜

我闖入一片林裡
只聽到自己的跫音
車聲已遠在天際
我有顆不競的心

五十弦

回頭所能看見
一徑鴻爪般的腳印
這些能否留到明天
誰也不能肯定

也沒有什麼理由
踏上這一條僻徑
現在，已快到盡頭
無悔，靠一點自信

二〇〇五・四・十四
選自《獨行集》（二〇一〇）

我不知道

為什麼要寫詩？我不知道
鳥為什麼要飛？雲為什麼
要飄？春天為什麼又來到？

我不知道，為什麼要寫詩？
是排遣冬日懨懨的無聊
或是，為我的存在寫照？

為什麼要寫照？我也不知道
也許，存在就是要不斷創造
上帝的新葉子，我的新詩

五十

弦

從周遭冷冷厚厚的雪地裡
我的一股按捺不住的詩意
像鬱金香頂出了凍泥

二〇一〇・六・一
選自《文訊雜誌》（二九六期）

我們是湖

我們承載
自蘆葦和卵石間
流出、時間的長流
有錚錚作聲的屈原
穆穆的杜甫

我們是湖
承載著千年中土
的細流。即使
波特萊爾，艾略特
那陣西風和驟雨

五十弦

不會使我們
湖水變色

我們是山間的湖
也要淙淙地
向歷史流出

二〇〇〇・十・十九
選自《雪嶺》（二〇〇三）

聽古箏有感

淙淙流水，幽幽鳥鳴
陣陣松濤，蕭蕭旗旌
聽古箏，聽在風裡
那嫋嫋的餘音
聽古箏，聽在弦外
那迴盪的無聲

我欲乘長風歸去
飛過錢塘，飛上崑崙
飛越春秋、飛入易經
聽女媧補天的丁丁

五十弦

羲和揚鞭之聲
在歷史和神話的源頭
聽上古的韶音

二〇〇一・七・十六
選自《雪嶺》（二〇〇三）

芭蕾舞

她們來了！作天鵝優嫻的划泳
蜻蜓的點水；雨後的新草
展現了動物的生和植物的靜

昇起又降下，欲停又行
驚惶的麋鹿，嬌怯的鶯
她們是凡人與天使的化身

浮沉、浮沉、自拔於迷惘的夢境
腳下是池沼、是蛛網是陷阱
看！肉體將沉溺，羽化的是精神

五十

弦

她們作柔美、無聲的述說
朵朵玫紅的微笑向臺下擲落
四月的陽光閃爍於流盼的美目

忽然，一連串芬芳、圓熟的急轉
感情似深秋蘋果的蒂落，那身段
接著又懸凝，休眠的冬日突來臨

片刻後，才從春雷中徐徐甦醒

選自《噴水池》（一九五七）

春日聽樂園中

我躺在椅上聽音樂
飄上雲端
浮身波上
盪在風的懷裡
我幾度誤入睏的邊境
陷在夢的中心

音符跳躍的小足
作芭蕾有序的展出
弦絲切切的伴奏
似風中鳥語的啁啁

五十弦

黑管的高腔獨奏
昭告了冬之不再

在一陣滾鼓般的春雷後
一切，如驟雨的收陣
百合花的無聲

二〇一三・四・六
選自《世界日報》
（二〇一三・五・十二）

第五輯 人：人同此好

青絲滿頭時（左：作者，右：余光中）　夏菁提供

賀卡　夏菁提供

白髮三千丈

——在余光中七十誕辰祝壽大會上朗誦的一首改寫的舊作
國立中山大學，高雄市，一九九八年十月二十三日。

聽說你的少年頭
已經全白了
我的也無意染黑

有一年，偶然到了
你的廈門街舊居
我的眼睛忽然
烏亮起來
連同我的頭髮

五十

弦

四十多年前的春天
那扇綠門
那棵翠柳
以及剪不完的青絲
和壯志

現在，任它白髮三千丈吧
離愁、鄉愁、萬古愁
詩人自古以來
總是這個樣子的

一九九一・四・五
選自《澗水淙淙》（一九九八）改寫而成

鷹

——題贈周夢蝶

那雙深凹的銳眼
嵌在孤高的前額
當你臨空遠矚
渺小了山河
睥睨了時空

那身玄色的外衣
淨白的足羽
莊嚴得使人起敬
而我深切感到的

卻是你起身時
　騰空的一爪
啊！你是Bald Eagle
稀世的珍禽

註：Bald Eagle：這種鷹是受保護的稀禽。

選自《藍星詩刊》（一九九二・四）

水聲不老

——寫贈向明

一張青春的臉（註）
埋首於離騷的書房
翹望湘江的水邊

曾受驚於衡山的雁飛
在狼煙中捧著詩卷（註）
流著屈原的眼淚

勤修新詩的籬笆
捲起了多年的戎衣

五十弦

撰寫現代詩話

溫和中深藏剛健
柔波下花崗岩的河床
終年不深不淺

築一座讀者的拱橋
吟一生的歲月於水上
水聲永遠不老（註）

註：《青春的臉》、《狼煙》、《水的回想》等均是向明的詩集。

二〇〇〇・七・十
選自《雪嶺》（二〇〇三）

詩的隱者

——贈阮囊

你在雲中
你在林裡
蓬萊山採野蕈去了
涉過知本溪

似曾相識
不曾相見
那年還滿頭青絲
找你於鹿野

即使再遇
握手無言
回首青山綠水之外
四十年的雲煙

你在風中
我在雪裡
東西兩個詩的隱者
對美還是著迷

一個飄逸
一個恬淡
同是天涯被冷落的人
從未將初戀忘懷

後記：阮囊的詩，簡練飄逸、蘊藉有餘。他是一位隱者。因為不涉江湖，詩壇、詩獎、以及時下的詩選，都將他忽略了，和我一般。但他對現代詩的熱愛，始終如一。這次「藍星詩學」為他出特輯，真是太好了！

二〇〇一年文藝節

選自《雪嶺》（二〇〇三）

五十弦

落寞的長跑者

——給憲陽

四十多年前，穿著卡其布校服
你的初啼震驚了平靜的山谷

不出七、八年，捲起了年輕的袖子
捧出處女集，也挑起重擔來編詩

到了千禧年，花髮下又推陳出新
字裡行間，蘊藏了禪意和愛心

在這長跑中，我們都是落寞的人
只顧一心向前，不管有沒有掌聲

註：憲陽最近出版的《千禧詩集》後記中，寫有「在新詩創作的路上，頗為孤寂。有掌聲的，寥寥可數」等語。

二〇〇二・七・三十一

選自《雪嶺》（二〇〇三）

輓詩三首

——悼覃子豪

歸

水手已歸去
躺著赭色的木蘭舟
在海上飄泊，在白鯨之國

欲登彼岸，欲登無人島的沙灘
與神話躺著，與人魚躺著
並與高克多耳語（註）
海的秘密，瓶之存在

註：高克多（Jean Cocteau）為子豪兄崇敬的法國現代詩人，於子豪兄逝世次日去世。

焚

正午，熊熊之火正焚著
一頭不死的鳳凰
一隻殉身的蛾
一朵向日葵

那光華，那火焰
飛翔，飛翔
向著太陽，向著神祇

超越凡塵，超越纖纖之手
超越一切語言，一切形象
頃刻間降下
如撒落滿天綸音。

殞

一棵樹龐然倒下
如星之崩

昔日瑟瑟的獨語
或嗚囀的鳥雀
均已靜默

留下一片虛空
一列系的茫然——
啊！誰收割了一株
自我們的林中？

一九六三・十・十五　于台北
選自《山》（一九七七）

爬山者

有一種莫名的衝動
從青少出發
背上了風雨
背上歲月

瑣碎的鳥語
迎面的料峭
都不是我的驚奇
也不足洩氣
遠遠的水聲
替代了方向儀

五十弦

斷崖和巉壁
才顯出毅力

山就是山，我想
那是不能征服的
能夠征服的就不是
山。下午被雲遮蓋
傍晚被落日遺棄
明朝，它還在那裡

唱著歌一步步走向
你，便是整個的意義

二〇〇一年詩人節
選自《雪嶺》（二〇〇三）

自喻

借棲於籬旁的枯枝
一隻向晚的貓頭鷹
面對這爭逐不休的塵世
哪裡有一個清夢可尋
只聞蕭蕭的風聲

一生只哼過幾隻曲子
吐出了幾顆圓潤
任你丟入豬欄，或是
到書堆裡苦苦找尋——
我在此，為風雪作證

五十弦

二〇〇一・四・十八
選自《雪嶺》（二〇〇三）

如此一生

曾著有十冊詩、五本散文
卻不是學文出身
在研究所教書、指導論文
沒有戴博士金纓
緊扣著一隻手、不渝終身
只有那海天作證

二〇〇八・二・二十九
選自《獨行集》（二〇一〇）

五十
弦

墓誌銘

這裡躺著一個詩人，
沒有桂冠，沒沒無聞；
此刻他還在地下期待
繆斯最後的評定。

二〇〇六・十二・十六
選自《獨行集》（二〇一〇）

後記

選自己的詩，難免有偏愛，有些像寵愛最小的兒女一樣，偏愛近作。其實，詩人一生作品的好壞和年歲無關，不一定是後來居上。寫作經驗增進以後，如果失去冒進嘗新的精神，反會陷入舊時的泥沼，不能自拔。詩是悟性的和突破性的，並不是漸進性的。

明知如此，我篩選時還不能全盤客觀。唯一能夠依靠的準則是：凡有人推薦過的、稱道過的、或已被選入其他詩選內的作品，可以作為上選。自己選詩還有一種困惑，究竟要展示自己的廣寬性？還是獨特性？前者往往使讀者目迷五色，不知精髓何處；後者使人管中窺豹，只見一斑。如何能兩者兼顧，就要看選者的巧心和手段。

我在二〇〇四年曾出版過一本中、英對照的《夏菁短詩選》，因受了當時譯詩數量不多的限制，未能廣挑普選。現今這冊新的詩選，可以說是將一生的作品，披砂揀金地篩選出來的。我很羨慕有些詩人，年紀輕輕，卻早早出了選集。我可沒有這種天份及機會。自我一九五四年出版第一本詩集以來，已經過了一個甲子，除去我的詩劇、長詩及詩論不計外，共出了十本詩集，加上已發表而未成集者，總產量是五百五十首左右。我寫作不算勤快，旁務也多。這已經是全部了。現在要從中選出十分之一，計五十篇，彙為一集、覺得很不容易。哪有這麼多的經典或傳世之作可以選呢？一個詩人一生如能留下六、七首膾炙人口的詩，已是難能可貴、可以滿足了！

集分五輯。每輯十首（不計兩首附詩）。這五十首中約有三十多首已經譯成英文。第一輯的標題是「時」。副標題是「時的觸覺」。詩人對時間都特別敏感，無論是正午、黃昏、日落、月夜，或春、夏、歲末，都能將那一刻的特別感受。發為心聲，形之於文字。第二輯是「景」，副標題是「景隨心生」。西賢有云：「風景即心境」，同一個景，反應不但因人而異，亦因時、因心境而異。詩人存在的空間，原都是「景」。在「景」及「心」千變萬化的情形下，詩人豈能無動於衷？第三輯是「愛」。「愛有千種」，那一個人沒有愛的經驗呢？夫妻之愛、兒女親人之愛、友愛、博愛、同胞之愛、鄉土之愛等等都是詩人的好題材。這世界如果沒有愛，就淪為沙漠，詩人也難以存在。第四輯是「藝」。「藝無止境」，是一種永恆的追求。又，古人有「詩畫同源」之說，其實，諸藝也是相通，可以互為借鏡。詩人不會限於愛詩而已！最後一輯是「人」，「人同此好」愛詩的人聚在一起，志同道合，互相激盪，誕生了一個詩社，產生了上千作品。這輯中大多是贈給「藍星詩社」詩友的詩；在吾國傳統中，詩人互贈詩作，也是屢見不鮮。少數幾首是寫我個人。

當然，我寫詩的範圍，不止「時、景、愛、藝、人」五大類，但因限於篇幅，又因其他的詩難於歸類，只好將之割愛，將來讓別人去選。集稱「五十弦」，乃借「一弦一柱思華年」之意，並非掠美前賢。五輯及每輯十首，也有五十之意。選詩本來就是一種回顧、反芻的行動，我在一一仔細挑選時，切身感到「年華不再」，如果真能留下一些些文化遺產，已是萬幸了！

夏菁

二〇一四年一月三日

可臨視堡

附錄　選詩的來源

詩集	收入本書的詩篇數	詩名
《靜靜的林間》	一首	〈給凱蒂〉
《噴水池》	四首	〈月夜散步〉〈正午〉〈日落時〉〈芭蕾舞〉
《石柱集》	二首	〈雨中〉〈湖〉
《少年遊》	二首	〈寂寞四行〉外一首〈簷滴〉
《山》	五首	〈腮邊〉〈總有那麼幾天〉〈預測〉〈四月的籬圍〉〈輓詩〉

《澗水淙淙》	十首	〈即景〉〈蒲公英〉〈詩〉〈青淚〉〈美〉〈消息〉〈愛花的人〉外一首〈貓〉〈詩的詮釋〉〈白髮三千丈〉
《雪嶺》	十三首	〈無奈十行〉〈灰鯨落海〉〈爬山者〉〈這樣的風〉〈初醒〉〈我們是湖〉〈尋覓〉〈冬午〉〈水聲不老〉〈詩的隱者〉〈落寞的長跑者〉〈自喻〉〈聽古箏有感〉
《獨行集》	十首	〈獨行〉〈窗前的白楊〉〈路旁的知更〉〈天籟〉〈一幅背影〉〈與妳同行〉〈六千年的擁抱〉〈瞬間的浩劫〉〈如此一生〉〈墓誌銘〉
集外的詩	五首	〈窗前〉〈我不知道〉〈春日聽樂園中〉〈黃昏〉〈鷹〉

閱讀大詩25　PG1108

五十弦
——夏菁自選詩集

作　　者	夏　菁
責任編輯	鄭伊庭
圖文排版	詹凱倫
封面設計	陳佩蓉

出版策劃	釀出版
製作發行	秀威資訊科技股份有限公司 114 台北市內湖區瑞光路76巷65號1樓 電話：+886-2-2796-3638　傳真：+886-2-2796-1377 服務信箱：service@showwe.com.tw http://www.showwe.com.tw
郵政劃撥	19563868　戶名：秀威資訊科技股份有限公司
展售門市	國家書店【松江門市】 104 台北市中山區松江路209號1樓 電話：+886-2-2518-0207　傳真：+886-2-2518-0778
網路訂購	秀威網路書店：http://www.bodbooks.com.tw 國家網路書店：http://www.govbooks.com.tw
法律顧問	毛國樑　律師
總 經 銷	聯合發行股份有限公司 地址：231新北市新店區寶橋路235巷6弄6號4樓 電話：+886-2-2917-8022　傳真：+886-2-2915-6275

出版日期	2014年1月　BOD一版
定　　價	200元

國家圖書館出版品預行編目

五十弦：夏菁自選詩集 / 夏菁著. -- 一版. --
臺北市：釀出版, 2014. 01
面；　公分. -- (語言文學類；PG1108)
BOD版
ISBN 978-986-5871-78-9 (平裝)

851.486　　　　　102025751

讀者回函卡

感謝您購買本書，為提升服務品質，請填妥以下資料，將讀者回函卡直接寄回或傳真本公司，收到您的寶貴意見後，我們會收藏記錄及檢討，謝謝！

如您需要了解本公司最新出版書目、購書優惠或企劃活動，歡迎您上網查詢或下載相關資料：http:// www.showwe.com.tw

您購買的書名：________________________________

出生日期：________年________月________日

學歷：□高中（含）以下　□大專　□研究所（含）以上

職業：□製造業　□金融業　□資訊業　□軍警　□傳播業　□自由業

□服務業　□公務員　□教職　□學生　□家管　□其它_____

購書地點：□網路書店　□實體書店　□書展　□郵購　□贈閱　□其他

您從何得知本書的消息？

□網路書店　□實體書店　□網路搜尋　□電子報　□書訊　□雜誌

□傳播媒體　□親友推薦　□網站推薦　□部落格　□其他__________

您對本書的評價：（請填代號　1.非常滿意　2.滿意　3.尚可　4.再改進）

封面設計____　版面編排____　內容____　文／譯筆____　價格____

讀完書後您覺得：

□很有收穫　□有收穫　□收穫不多　□沒收穫

對我們的建議：________________________________

____

____

____

請貼
郵票

11466
台北市內湖區瑞光路 76 巷 65 號 1 樓
秀威資訊科技股份有限公司 收
BOD 數位出版事業部

（請沿線對折寄回，謝謝！）

姓　　名：＿＿＿＿＿＿＿＿　年齡：＿＿＿＿　性別：□女　□男

郵遞區號：□□□□□

地　　址：＿＿＿＿＿＿＿＿＿＿＿＿＿＿＿＿

聯絡電話：(日)＿＿＿＿＿＿＿＿(夜)＿＿＿＿＿＿＿＿

E-mail：＿＿＿＿＿＿＿＿＿＿＿＿＿＿＿＿